1902. Mai. 15

VENTE
du Jeudi 15 Mai 1902
HOTEL DROUOT
Salle N° 10.

PORTRAITS

DU PREMIER EMPIRE

NAPOLÉON Ier ET SA FAMILLE

GÉNÉRAUX ET MARÉCHAUX

PIÈCES HISTORIQUES

Me Maurice DELESTRE
Commissaire-Priseur

M. Paul ROBLIN
Expert

PORTRAITS

DU PREMIER EMPIRE

NAPOLÉON Ier ET SA FAMILLE

GÉNÉRAUX ET MARÉCHAUX

CATALOGUE

DE PORTRAITS

DU PREMIER EMPIRE

NAPOLÉON Ier & SA FAMILLE

Maréchaux et Généraux

REVUES

PIÈCES HISTORIQUES

TABLEAUX DE LA RÉVOLUTION FRANÇAISE

Dont la vente aux enchères publiques aura lieu

HOTEL DES COMMISSAIRES-PRISEURS, RUE DROUOT, N° 9

SALLE N° 10

Le Jeudi 15 Mai 1902

A DEUX HEURES

Par le ministère de Me **MAURICE DELESTRE**, Commissaire-Priseur
5, Rue Saint-Georges, 5

Assisté de M. **PAUL ROBLIN**, Marchand d'Estampes
65, Rue Saint-Lazare, 65

PARIS 1902

CONDITIONS DE LA VENTE

Elle sera faite au comptant.

Les Acquéreurs paieront *dix pour cent* en sus des prix d'adjudication.

M. P. Roblin, expert, chargé de la vente, se réserve la faculté de rassembler ou de diviser les lots.

DÉSIGNATION

ALIX (P. M.).

1. *Augereau* (Le Général), gravé à la manière noire, d'après Hilaire Le Dru. In-fol. en pied.

   Très belle épreuve en couleur à toutes marges.

2. *Barra* (Joseph) d'après Garnerey. In-4, avec scène au bas.

   Très belle épreuve imprimée en couleur, petites marges.

3. *Bernadotte* (Le Général), gravé à la manière noire, d'après Hilaire Le Dru. In-fol., en pied.

   Très belle épreuve, marges.

4. *Berthier* (Le Général), d'après Le-Gros. Pet. in-fol.

   Superbe épreuve imprimée en couleur. Grandes marges.

5. *Bonaparte* (Napoléon), 1er consul, en habit rouge, d'après Appiani. Ovale in-4.

   Superbe épreuve avant la lettre, le nom de l'artiste tracé à la pointe et avec la date de 1802. Petites marges, très rare.

6. *Hoche*, Général des Armées Françaises, d'après Fragonard fils. In-fol., à la manière noire.

   Très belle épreuve, grandes marges.

ALIX (P. M.)

7. *Kléber* (Le Général), gravé à la manière noire, d'après A. Boilly. In-fol. en pied.

Très belle épreuve en couleur, à toutes marges.

8. *Lamoignon de Malesherbes*, dessiné par un de ses amis deux jours avant son arrestation. 1803. Ovale, in-4.

Très belle épreuve imprimée en couleur. Grandes marges.

9. *Michu*, du Théâtre de l'Opéra-Comique, avec au bas deux scènes de Blaise et Babet. In-4.

Très belle épreuve imprimée en couleur. Grandes marges.

10. *Molière* (J.-B. Poquelin de) avec la scène du Tartuffe au bas, d'après Garnerey, in-4.

Très belle épreuve imprimée en couleur, marges.

11. *Napoléon*, Empereur des Français et Roi d'Italie. Petit médaillon entouré de figures allégoriques, et au bas cette légende : *Paix Fidelle ou guerre terrible*, d'après P. Lelu, in-4.

Rare épreuve imprimée en couleur, marges. (Légères restaurations).

12. *Napoléon* (S. A. I. le Prince Eugène). Peint d'après le tableau de S. M. l'Impératrice et Reine. Gr. in-4.

Superbe épreuve imprimée en couleur, marges.

13. *Pie VII*, Souverain pontife, d'après J.-B. Wicar, in-4.

Très belle épreuve imprimée en couleur, marges.

14. *Rousseau* (Jean-Jacques). Ovale in-4 d'après Garnerey.

Très belle épreuve imprimée en couleur, grandes marges.

ALIX (P.-M.)

15. *Sievekins* (G. H.), citoyen américain. 1796, in-4.

Très belle et rare épreuve imprimée en couleur, grandes marges.

16. *Voltaire* (F.-M. Arouet de). En habit rouge avec scène au bas, d'après Garnerey, in-4.

Très belle épreuve, imprimée en couleur, marges.

17. *Voltaire* (Arouet de). Ovale in-4, d'après Garnerey.

Belle épreuve imprimée en couleur, tirée avec cache-lettre, marges.

ALLAIS

18. *Auber-Dubayet* (Le Général), aujourd'hui ambassadeur en Turquie, gravé à la manière noire d'après Boilly, in-fol. en pied.

Très belle épreuve en couleur, petites marges.

ANONYME

19. *Bonaparte*, libérateur de l'Etat, et sa bien aimée épouse *Rose-Joséphine*, née de la Pagerie. Deux portraits en médaillons surmontés d'une gloire et entourés de guirlandes de roses, gravés en manière de lavis, In-4 en larg.

Superbe épreuve en couleur, marges, très rare.

20. *Bonaparte*, 1er Consul, dans un médaillon supporté par un aigle, une étoile au ciel. In-8.

Très belle épreuve en couleur, avant toutes lettres, marges.

21. *Bonaparte*, 1er Consul, petit profil dirigé à G., sans noms d'artistes.

Belle épreuve en couleur, marges.

ANONYME

22. *Bonaparte* (Cavalier en costume Louis XVI, l'épée à la main), sans nom d'artistes.

Belle épreuve coloriée, curieuse et rare.

23. *Bonaparte,* Premier Consul de la République Française; in-8.

Belle épreuve sans marges.

24. *Bonaparte* franchissant les Alpes. Lithographie in-fol.

Superbe épreuve avant toutes lettres, grandes marges.

25. *Bonaparte* (Rose-Joséphine), née de la Pagerie, de profil à D. dans un médaillon, gravure au pointillé, in-4.

Très belle épreuve, petites marges.

26. *Charette* (Le Général de), ovale in-4, avec une charette au bas.

Très belle épreuve avant toutes lettres, en feuille.

27. *Condé* (Le Grand) couvrant de son bouclier les lis de France, in-fol. en pied, avec écusson au bas.

Très belle épreuve avant toutes lettres, marges.

28. *Napoléon Ier* empereur. Buste fort comme nature. Chromolithographie, in-fol.

Epreuve avant toutes lettres.

29. *Napoléon* couronné d'étoiles, ovale in-8, signé : A. H. Lf. fecit.

Très belle épreuve en couleur, petites marges.

30. *Reichstadt* (Le Duc de) en pied. Lithographie in-fol. Signé des initiales A. C.

Très belle épreuve avant la lettre, grandes marges.

ARNOLD (Fréd.)

31. *Napoléon*, Empereur des Français, Roi d'Italie, gravé à la manière de lavis, d'après H. Däyling, grand in-4 en pied.

Très belle épreuve en couleur, marges.

AUDOUIN (P.)

32. *Bonaparte*, 1er Consul de la Rép. Franç., d'après P. Bouillon, avec une scène au bas, représentant la bataille de Marengo. dessiné et gravé par Duplessis Bertaux, in-4.

Très belle épreuve, grandes marges.

BALLAGNY (Lithog. de)

33. *Napoleonis Mater*, d'après le dessin de Charlotte Napoléon. Rome, 1835, grand in-4.

Très belle épreuve sur papier de Chine.

BARTOLOZZI (Fr.)

34. *Bonaparte* (N.), d'après Appiani, pet. in-fol.

Très belle épreuve, petites marges.

BOUVIER (Charles)

35. Feuille de Chapeaux ou les huit époques de Napoléon par un peintre d'histoire, d'après Steuben, in-4 en larg.

Belle épreuve, marges.

BUGUET (d'après Henry)

36. *Joséphine*, Impératrice des Français et Reine d'Italie. *A Paris, chez Bouquet*, in-4.

Très belle épreuve imprimée en couleur, grandes marges

BUGUET (d'après Henry)

37. *Napoléon* Gallorum primus impérator, atque Rex Italiæ. *A Paris, chez Bouquet*, in-4.

Très belle épreuve, imprimée en couleur, grandes marges.

CARDON

38. *Bonaparte*, accompagné du *général Berthier* à la bataille de Marengo au moment de la Victoire, d'après J. Boze, 1802. In-fol.

Très belle épreuve en couleur, grandes marges.

CAVALLI (Dco)

39. *Napoléon le Grand*, Empereur des Français, Roi d'Italie. Ovale in-8.

Très belle épreuve imprimée en couleur, marges.

CHARLET

40. *Napoléon* sur un cheval lancé au galop. Lithographie in-4.

Très belle épreuve avant la lettre sur papier de Chine.

CHARON

41. *Poniatowsky* (Le Prince), d'après Aubry, gr. in-4 en pied.

Très belle épreuve imprimée en couleur, petites marges.

CHATAIGNIER

42. *Bonaparte* Premier Consul, à cheval ; gr. in-4.

Très belle épreuve à toutes marges.

43. — Le même portrait.

Très belle épreuve imprimée en couleur, sans marges.

CHATAIGNIER

44. *Bonaparte* 1er Consul, médaillon entouré des principaux épisodes de sa vie, et au bas: La Bataille de Marengo. In-4.

Très belle épreuve en couleur, grandes marges.

45. *Consuls* (Les Trois). In-4 avec scène au bas, dessiné et gravé à l'eau-forte par Chataignier, terminé au burin par Bovinet.

Très belle épreuve, grandes marges.

46. *Moreau* (Le Général). In-4, à cheval.

Très belle épreuve imprimée en couleur, marges.

CHATAIGNIER (se vend chez)

47. *Bonaparte* (N.), Pier Consul de la République Française. Ovale in-4.

Très belle épreuve en couleur à toutes marges.

CHEESMAN (J.)

48. *Washington* (Général), d'après John Trumbull. 1796, in-fol. en pied.

Très belle épreuve en couleur avec la lettre grise, grandes marges, très rare.

CHOUBARD

49. *Bernadotte* (S. A. Jules), Prince-Royal de Suède, Maréchal de l'Empire Français, Prince de Ponté-Corvo,et *Désiré Clary*, son épouse, Princesse Royalle de Suède, représentés dans le même médaillon, d'après Lafond jeune. Gr. in-4.

Très belle épreuve en couleur, grandes marges.

CHRÊTIEN

50. Un Hussard de la Révolution " Portrait de Barbier de Valbonne " ; médaillon gravé au physionotrace.

Belle épreuve en couleur, marges.

COQUERET

51. *Beurnonville* (Le Général), gravé à la manière noire d'après Hilaire le Dru. In-fol. en pied.

Très belle épreuve en couleur, grandes marges.

52 *Buonaparte* (Le Général), gravé à la manière noire d'après Hilaire Le Dru. In-fol. en pied.

Trés belle épreuve en couleur, grandes marges.

53. *Duroc* (Le Général) en pied. Pet. in-fol.

Très belle épreuve en couleur, petites marges.

54. *Hoche* (Le Général), gravé à la manière noire d'après Hilaire Le Dru. In-fol. en pied.

Très belle épreuve en couleur, grandes marges.

55. *Hoche*, général en chef de l'armée de Sambre et Meuse, d'après Ursule Boze. Pet. in-fol. à la manière noire.

Très belle épreuve, petites marges.

56. *Kelermann* (Le Général), gravé à la manière noire d'après Hilaire Le Dru. In-fol. en pied.

Trés belle épreuve en couleur, à toutes marges.

57. *Monnier* (Le Général), gravé à la manière noire d'après Le Barbier l'aîné, l'an VIII. In-fol. en pied.

Superbe épreuve en couleur, avec les noms à la pointe, grandes marges, très rare.

COQUERET

58. *Moreau* (Le Général) coiffé d'un chapeau, gravé à la manière noire d'après Hilaire Le Dru. In-fol. en pied.

Très belle épreuve en couleur, grandes marges.

59. *Moreau* (Le Général), gravé à la manière noire d'après Hilaire Le Dru. Brumaire l'an X. In-fol. en pied.

Très belle épreuve en couleur, à toutes marges.

60. *Pichegru* (Le Général), gravé à la manière noire d'apr. Hilaire Le Dru, 1796. In-fol. en pied.

Très belle épreuve en couleur, avec la légende et les noms d'artistes tracés à la pointe; petites marges, très rare.

61. *Scherer* à la bataille (Le Général). Portrait satyrique gravé à la manière noire d'après Hilaire Le Dru. In-fol. en pied.

Très belle épreuve, grandes marges.

COQUERET et LACHAUSSÉE

62. *Berthier* (Le Général), gravé à la manière noire d'apr. Mlle Boze. In-fol. en pied.

Très belle épreuve en couleur, à toutes marges.

63. *Jourdan* (Le Général), gravé à la manière noire d'après Hilaire Le Dru. In-fol. en pied.

Très belle épreuve en couleur, marges.

64. *Masséna* (Le Général), gravé à la manière noire d'après Hilaire Le Dru. In-fol. en pied.

Très belle épreuve en couleur, marges.

CRUIKSHANK (Georges).

65. *Napoléon Bonaparte* on his celebrated white charge. In-4, représenté à cheval, d'après Carle Vernet. 1823.

Très belle épreuve coloriée, petites marges.

DAGOTY (Gautier)

66. *Alembert* (J. d'), de l'Académie française, d'après de la Tour; in-4.

Très belle épreuve imprimée en couleur, marges.

67. *Charles-Emmanuel*, Roi de Sardaigne; in-4.

Très belle épreuve imprimée en couleur, marges.

68. *Frédéric II,* Roy de Prusse, peint d'après nature par Madame Terbouche; in-4.

Très belle épreuve imprimée en couleur, marges.

69. *La Vrillière* (M. le Duc de), Ministre et Secrétaire d'Etat; in-4.

Très belle épreuve imprimée en couleur, marges.

70. *Louis XV*, surnommé le Bien-Aimé, Roy de France et de Navarre; in-4.

Très belle épreuve imprimée en couleur, marges.

71. *Marie-Thérèse*, Impératrice, Reine de Hongrie et de Bohême, etc., etc. In-4.

Très belle épreuve imprimée en couleur, marges.

72. *Maupeou* (R. N. C. A. de), Chancellier de France et garde des Sceaux; in-4.

Très belle épreuve imprimée en couleur, marges.

DARCIS

73. *Buonaparte*, Général en chef de l'Armée d'Italie. In-4, à cheval, d'après Carle Vernet.

Très belle épreuve en couleur, marges.

DEBUCOURT (P.-L.).

74. *Orléans* (Mgr le Duc d'). In-4. (M. F. 20).

Très belle épreuve imprimée en couleur, marges.

75. Mort du Prince Joseph Poniatowski, d'après Horace Vernet. Gd in-fol. en larg. (M. F. 421)

Très belle épreuve en couleur, marges.

76. Départ du Roi Louis XVIII de Lille, le 23 Mars 1815, gravé à l'aquatinte d'après le tableau de M. le Chevalier de Basserode (487). Gd in-fol. en larg.

Très belle épreuve avec la lettre et avec le cachet du graveur, en feuille. On y a joint le trait explicatif.

77. — La même estampe.

Superbe épreuve avant toutes lettres, en feuille. On y a joint le trait explicatif.

DELAUNAY (A Paris, chez)

78. L'unique pensée de la France (Portrait de Napoléon au milieu d'une pensée). In-8.

Très belle épreuve en couleur, à toutes marges.

DESNOYERS (Aug. Boucher).

79 *Napoléon le Grand* en grand costume du Sacre, d'après Fr. Gérard. 1805. In-fol.

Très belle épreuve, grandes marges.

DICKINSON (W.).

80. *Bonaparte*, 1er consul, en pied, d'après A. J. Gros. In-fol., à la manière noire.

Superbe épreuve avant la lettre, grandes marges, très rare.

DICKINSON (W.)

81. *Sébastiani* (Le Général), gravé à la manière noire, d'après Fr. Gérard. In-4.

Très belle épreuve en couleur du 1er état, avec la lettre au trait, grandes marges.

DUBREUIL

82. *Joachim-Napoléon*, roi des Deux Siciles, in-8. (Collection des Grand'Croix de la Légion d'honneur).

Très belle épreuve imprimée en couleur, grandes marges.

ENGELMANN (Lithog. de)

83. *Napoléon Ier* accompagné de ses braves, rentrant en France le 1er mars 1815. *Lithographie de G. Engelmann à Mulhouse, Haut-Rhin, le 20 mars 1815*, grand in-4.

Belle épreuve grandes marges, rare.

FIÉSINGER et CARDON

84. *Andréossy.* — *Bernadotte.* — *Buonaparte.* — *Desaix.* — *Férino.* — *Gouvion St-Cyr.* — *Kleber.* — *Kosciuszko. Lecourbe.* — *Lefèvre.* — *Masséna.* — *Mirabeau.* — *Moreau.* — *Regnier.* — *Sainte-Suzanne.* Suite de quinze portraits en médaillon, d'après J. Guérin, in-4.

Très belles épreuves en couleur à toutes marges. Collection devenue rare.

85. *Buonaparte*, ovale in-4, d'après J. Guérin.

Très belle épreuve avant l'adresse, grandes marges.

FORSTER

86. *Marmont* (Aug.-Ferd.-Louis, Viesse de), duc de Raguse, d'après Muneret, in-fol.

Très belle épreuve avec la lettre grise, grandes marges.

FORSTER

87. *Oudinot* (N. C.), duc de Reggio, d'après Robert Lefèvre, in-fol.

Très belle épreuve avec la lettre grise, grandes marges

FREISLHIEN (P.)

88. *Estaing* (Charles-Henri, Comte d'), chevalier des Ordres du Roi, lieutenant-général de ses armées, vice-amiral de France ; pet. in-fol.

Superbe épreuve imprimée en couleur, petites marges : très rare.

GAUTIER

89. *Napoléon Ier* Empereur, à cheval, d'après E. Meissonnier, in-fol.

Très belle épreuve avant toute lettre sur papier de Chine, à toutes marges.

GÉRARD (d'après Fr.)

90. Bataille d'Austerlitz, in-4 en larg. sans nom de graveur.

Très belle épreuve avec la lettre grise, marges.

GIBERT et LONGHI

91. *Napoleone il Grande* al monte S. Bernardo, à cheval, d'après David, in-fol., 1809.

Très belle épreuve avec la lettre grise, petites marges, rare.

GIGOUX (Jean)

92. *Murat* (Caroline). Lithographie in-fol. signé à gauche. (H. B 147).

Très belle épreuve, marges.

GIRARD (A Paris chez)

93. *Buonaparte*, général en chef de l'armée d'Italie, ovale in-8.

Très belle épreuve en couleur, marges.

GODEFROY (Jean)

94. *Bonaparte* (Le Général), mars 1796, in-8.

Très belle épreuve en couleur, à toutes marges.

95. *Marie-Louise*. En pied, dessiné à Saint-Cloud et gravé en 1810, gr. in-fol.

Très belle épreuve avant la lettre, à toutes marges.

GODEFROY (Jean)

96. La Bataille d'Austerlitz, d'après Fr. Gérard. 1813, in-fol. en larg.

Très belle épreuve avant la lettre, les noms d'artistes tracés à la pointe, marges (doublée).

GODEFROY

97. *Napoléon 1er*, petit portrait en médaillon gravé au physionotrace.

Très belle épreuve en couleur à toutes marges.

HEATH

98. *Napoléon Bonaparte*, First Consul of France, ovale in-8.

Très belle épreuve en couleur, marges.

ISABEY (d'après J.-B.)

99. *Bonaparte*, 1er Consul, à la Malmaison, gravé par C.-L. Lingée et terminé par Godefroy, in-fol.

Superbe épreuve avant la lettre, à toutes marges, très rare.

ISABEY (d'après J.-B.

100. Grand habit de Sa Majesté l'Empereur Napoléon 1er le jour du Couronnement. Gravé par Pauquet, in-4.

Très belle épreuve en couleur, grandes marges.

101. Grand habit de Sa Majesté l'Impératrice Joséphine le jour du Couronnement. Gravé par Pauquet, in-4.

Très belle épreuve en couleur, marges.

ISABEY et **'ERNET** (d'après)

102. Revue du Général Bonaparte, 1er Consul, an IX (1800), dite Revue de Décadi. Gravée à l'eau-forte par Pauquet et terminée par Mécou, très grand in-fol. en larg.

Superbe épreuve avec la lettre grise et les noms des artistes tracés à la pointe, très grandes marges, rare.

JANINET (Fr.)

103. *Saint-Huberti* (Mde), de l'Académie royale de musique, d'après Le Moyne, in-8.

Très belle épreuve imprimée en couleur, petites ma:ges.

JAZET

104. *Berry* (Charles-Ferdinand, Duc de), représenté à cheval, d'après Horace Vernet, 1814, gr. in-fol.

Très belle épreuve, marge.

105. *Colbert* (Le Général Aug. M. Fr., Comte), d'après F. Gérard. Gd in-fol.

Très belle épreuve avant la lettre, grandes marges (petits raccommodages).

JAZET

106. *Lassalle* (Le Général), d'après Gros. In-fol.

Superbe épreuve avant la lettre. Grandes marges, rare.

107. Les Adieux de Fontainebleau (20 avril 1814), d'après Horace Vernet. In-fol.

Très belle épreuve avec la lettre grise, marges (mouillures).

108. Bivouac de Cosaques aux Champs-Elysées, d'après Swebach. In-fol. en larg.

Superbe épreuve, imprimée en couleur avant toutes lettres, grandes marges, très rare.

JEAN (à Paris, chez)

109. Bataille d'Eylau. In-fol. en larg.

Très belle épreuve en couleur, petites marges.

JOHANNOT (Tony)

110. *Foy* (Le Général) en pied, d'après Fr. Gérard. In-fol.

Très belle épreuve, grandes marges.

JOSI (C.).

111. *Hoche* (Le Général), dessiné, gravé et publié par C. Josi dans le Kalver Straat à Amsterdam, 1798, in-4.

Très belle épreuve, marges.

KRETHLOW (J.-F.).

112. *Napoléon,* Empereur des François et Roi d'Italie, ovale in-8 d'après G.-F. Bolt.

Belle épreuve en couleur, marges.

LACOSTE (Louis).

113. *Napoléon 1er*, Empereur des Français, en buste avec le chapeau. In-4.

Très belle épreuve en couleur, à toutes marges.

LAMI (Eugène).

114. *Napoléon* à cheval. 1809. Lithographie in-4.

Très belle épreuve coloriée, à toutes marges.

LAVAGI (V.)

115. *Reichstadt* (François-Joseph-Charles, duc de), ovale in-8 d'après Ph. de Stubenrauch. 1819.

Très belle épreuve en couleur, petites marges.

LE BEAU

116. Entrevue de l'Empereur des Français et de l'Empereur d'Autriche après la bataille d'Austerlitz, le 17 frimaire (2 décembre) 1805, d'après B. Pécheux. In-fol. en larg.

Belle épreuve en couleur, petites marges.

LEFÈVRE

117. *Desaix* (Le Général), d'après Hilaire Le Dru, in-4 en pied.

Très belle épreuve en couleur, marges.

LETORT

118. *Reichstadt* (Le Duc de) à Vienne, représenté à cheval. Lithographie in-fol.

Très belle epreuve, marges.

LEVACHEZ (L.).

119. *Bonaparte*, Premier consul de la République Française, d'après Boilly, pet. in-fol., au bas, la revue de Quintidi, gravé par Duplessis-Bertaux.

Superbe épreuve imprimée en couleur, marges.

120. *Napoléon Ier*, Empereur des Français, Roi d'Italie et Protecteur de la confédération du Rhin, représenté à cheval suivi par son état-major; grand in-fol., d'après Carle Vernet.

Superbe épreuve en couleur, marges.

121. *Kleber*, général en chef de l'armée d'Egypte, in-8.

Très belle épreuve imprimée en couleur, à toutes marges.

122. *Masséna*, général en chef, surnommé l'enfant gâté de la Victoire, in-8.

Très belle épreuve imprimée en couleur, marges.

123. *Moreau* (Victor), Général en chef de l'armée du Rhin, 1802, in-8.

Très belle épreuve imprimée en couleur. Grandes marges.

124. *Napoléon Bonaparte*, gravé à Londres d'après le tableau original de Robert Lefèvre, exposé dans Adam-Street Adelphi, in-fol.

Superbe épreuve imprimé en couleur, grandes marges.

125. *Napoléon Buonaparte*, d'après C. V... t., pet. in-fol.

Très belle épreuve imprimée en couleur, petites marges.

126. *Napoléon* au retour de l'Ile d'Elbe, à cheval, d'après Carle Vernet, in-4.

Très belle épreuve en couleur, grandes marges.

LONGHI (J.).

127. *Bonaparte* à la bataille d'Arcole, le 27 Brumaire an V, d'après Le Gros, petit in-fol.

Très belle épreuve, grandes marges.

128. *Napoléon*, Roi d'Italie avec la couronne de fer, 1802. In-4.

Très belle épreuve avant la lettre, à toutes marges.

LOUVION (J.-B.)

129. *Bonaparte*, 1er Consul de la République Française; médaillon, sur une pyramide entouré de figures allégoriques avec cette légende : *A la gloire immortelle de Bonaparte.* Pet. in-fol.

Très belle épreuve, petites marges.

MARADAN (François)

130. *Macdonald*, Maréchal de l'Empire Français, d'après Ursule Boze. In-fol. en pied.

Très belle épreuve en couleur, petites marges.

MARCHAND

131. *Dumas* (Le Général), d'après Le Thiere. In-fol. en pied.

Très belle épreuve en couleur, marges.

132. *Joubert* (Le Général), gravé à la manière noire, d'après Hilaire Le Dru. In-fol. en pied.

Très belle épreuve en couleur, à toutes marges.

MÉCHEL (Chr. de)

133. *Buonaparte* (Le Général). In-8, 1797.

Très belle épreuve en couleur, grandes marges.

MÉCOU

134. *Napoléon le Grand* en grand costume de Cour, d'après J. Isabey, in-fol.

Très belle épreuve avec la lettre grise, marges.

MEISSONNIER (d'après Ern.)

135. 1814. *Napoléon à cheval*, gravé à l'eau-forte par Fouquet. In-fol.

Très belle épreuve avant toutes lettres, grandes marges.

MONSALDI

136. *Desaix* (L. Char. Ant.), né à Agat, département du Puy-de-Dôme, mort à Marengo, le XXV Prairial an VIII. In-fol. d'après Dutertre.

Très belle épreuve, grandes marges.

137. *Kleber* (Jean-Baptiste), né à Strasbourg, mort au Kaire (sic), le 25 Prairial an VIII. In-fol., d'après Dutertre.

Très belle épreuve, marges.

138. *Marie-Louise*, Archiduchesse d'Autriche, Impératrice, Reine et Régente, d'après J. Isabey. In-8.

Très belle épreuve imprimée en couleur, grandes marges.

MORACE (E.)

139. *Nelson*, amiral anglais. Nuremberg, chez J. F. Frauenholz, 1799, in-4 en pied.

Très belle épreuve en couleur. Grandes marges.

MORRET (J.-B.)

140. *Bonaparte*, 1er Consul, dans le costume rouge offert par la ville de Lyon, d'après Appiani, pet. in-fol.

Splendide épreuve imprimée en couleur, marges.

MORRET (J.-B.)

141. *Marie-Louise* d'Autriche, Impératrice des Français, reine d'Italie, d'après Vexberg, in-4.

Très belle épreuve imprimée en couleur, grandes marges.

142. *Napoléon 1er*, Empereur des Français et Roi d'Italie, d'après Garnerey. 1805, ovale in-4.

Très belle épreuve imprimée en couleur, marges.

MULLER (J. G. et Fréd.)

143. *Napoléon* (Jérôme), Roi de Westphalie, Prince français, d'après Mde Kinson.

Très belle épreuve avec la lettre grise, à toutes marges.

NANTEUIL (Robert)

144. *Castelnau* (Jacques, Mis de), maréchal de France. (R. D. 58).

Très belle épreuve, marges.

PANNIER

145. *Napoléon 1er*, Empereur, ovale in-4.

Très belle épreuve avant toutes lettres, sur papier Chine, grandes marges.

PARTOUT (à Paris, chez)

146. L'Enfant du Régiment (Le Duc de Reichstadt sur les genoux d'un sapeur), in-4 en larg.

Belle épreuve en couleur à toutes marges

PIERNYSON (Colonel)

147. *Napoléon*. Drawn and engraved in the St Elena Island by the colonel Piernyson. *London*, 1820, in-4.

Très belle épreuve en couleur, grandes marges.

PRADIER (C. S.)

148. *Bonaparte* (Joseph), d'après Fr. Gérard. 1813, in-fol.

Très belle épreuve avant la lettre, grandes marges.

149. *Bonaparte* (Lucien), d'après Fr. Gérard, in-fol.

Très belle épreuve avant toutes lettres, grandes marges.

QUEVERDO

150. *Napoléon 1er* d'après Bosio, in-8.

Très belle épreuve en couleur, avant toutes lettres. Marges.

RADOS (Louis).

151. *Murat* (Joachim), roi de Naples et de Sicile, d'après J.-B. Bosio. 1809. In-fol.

Très belle épreuve avec la lettre grise. Grandes marges.

RAFFET (Auguste).

152. Affiche pour l'*Histoire de Napoléon*, par M. de Norvins (H. G. 121 RR.). Gd in-fol. en haut.

Très belle épreuve du 2e tirage, grandes marges.

RESLUT (A Paris, chez)

153. *Bonaparte*, 1er Consul, sous le costume Corse. In-8.

Belle épreuve, marges, rare.

RÉVOLUTION FRANÇAISE

154. Collection complète des Tableaux historiques de la Révolution Française, composée de cent douze numéros en trois volumes. *A Paris, chez Auber, de l'Impr. de Pierre Didot l'aîné*. 1804. 3 vol. in-fol., dem.-rel. mar. r. av. coins, ébarbé.

Très bel exemplaire, avec les 66 portraits gravés à l'aquatinte par Levachez.

RÉVOLUTION FRANÇAISE

155. Soirée du 30 juin 1789, dédiée à l'Assemblée du Palais-Royal. Gd in-4, gravé à la manière noire.

Très belle épreuve en couleur, marges, très rare.

REYNOLDS (S. W.).

156. *Grassini* (Madame) in the Character of Zaïra. Painted by Madame Le Brun. 1806, in-fol.

Très belle épreuve imprimée en couleur, marges.

RICHOMME

157. *Napoléon*, d'après Fr. Gérard. In-4. 1835.

Très belle épeuve en couleur avec la lettre grise, sur papier de Chine, grandes marges.

ROGER (B.).

158. *Napoléon 1er*, empereur des Français, Roi d'Italie, d'après J. Guérin. In-4.

Très belle épreuve en couleur. Marges.

RUOTTE (L.-C.).

159. *Augereau* (Le Général) au pont d'Arcole, d'après Aubry. Pet. in-fol.

Très belle épreuve, imprimée en couleur, grandes marges.

160. *Buonaparte*, Général en chef de l'Armée d'Italie, plantant un drapeau sur le pont d'Arcole, d'après Dutaillis, in-4.

Très belle épreuve en couleur, grandes marges.

161. *Buonaparte*, Général en chef de l'Armée d'Italie, ovale in-4, d'après Desrais.

Belle épreuve en couleur, grandes marges.

RUOTTE (L.-G.)

162. *Joachim* (Son Altesse Impériale Le Prince), Grand amiral de France, Grand Duc de Berg, dessiné par Gregorius, d'après Gros, grand in-4.

Superbe épreuve imprimée en couleur, marges.

163. *Joachim-Napoléon*, Roi de Naples et de Sicile, grand amiral de France, dessiné par Grégorius, d'après Gros, g[d] in-4.

Très belle épreuve en couleur, grandes marges.

164. *Napoléon le Grand*, Empereur des Français, Roi d'Italie, d'après Robert Lefèvre, pet. in-fol.

Très belle épreuve en couleur, marges.

165. *Napoléon* (Eugène), Vice-Roi d'Italie, dessiné par Grégorius, d'après le buste de Chinard qui appartient à S. M., in-4.

Très belle épreuve en couleur à toutes marges.

SCHENKER (N.).

166. *Bonaparte* à cheval, gravé d'après un croqui (sic) de Carle Vernet, in-4.

Très belle épreuve en couleur à toutes marges.

167. *Moreau* (Victor), Général en chef de l'Armée du Rhin, in-4, à cheval, d'après Carle Vernet.

Très belle épreuve avant la lettre, imprimée en bistre, marges.

SCHIAVONETTI

168. *Charles Louis*, archiduc d'Autriche, d'après M. Kellerhoven, 1780, in-fol.

Très belle épreuve en couleur, marges.

SERGENT (A.).

169. *Charles Louis*, Archiduc d'Autriche, Feld-Maréchal des Armées Impériales, in-4.

Superbe épreuve imprimée en couleur du 1er état avec la lettre grise, marges.

170. *Marceau*, né à Chartres, soldat à XVI ans, général à XXIII, mort à XXVII. Petit in fol.

Superbe épreuve imprimée en couleur, marges.

171. *Necker* (M.), avec petite scène au bas, gravé d'après le tableau original de M. Duplessis, peintre du Roi, sous la direction de M. de Saint-Aubin. 1789, in-4.

Très belle épreuve imprimée en couleur, grandes marges.

TAPINOIS

172. *Buonaparte* (Le Général), médaillon in-8 d'après J. Guérin.

Belle épreuve en couleur, marges.

TARDIEU (Alex.)

173. *Bonaparte*, 1er consul. Médaillon d'après Isabey. In-8.

Très belle épreuve à toutes marges.

174. *Ney* (Le Maréchal), Duc d'Elchingen, d'après Fr. Gérard. In-4.

Belle épreuve, avec la lettre grise et avant l'adresse, grandes marges.

TASSAERT (J.-J F.)

175. *Bonaparte*, Premier Consul de la République française, représenté à cheval, dessiné par le cit. Ph.-A. Hennequin d'après le tableau original du cit. Appiani. Pet. in-fol.

Très belle épreuve en couleur, petites marges.

TASSAERT (J.-J.-F.)

176. *Buonaparte*, profil in-8 d'après G. Alessi. 1793.

Très belle épreuve en couleur, grandes marges.

177. *Brune*, Général en chef des Armées françaises, à cheval, dessiné d'après nature par le cit. F. J. Harriet. In-fol.

Très belle épreuve en couleur, grandes marges.

VÉRITÉ

178. *Bonaparte*, 1er Consul. In-4.

Belle épreuve en couleur, marges.

VERNET (d'après Horace)

179. *Napoléon* sur le rocher. In-fol. en larg. 1821.

Très belle épreuve avant la lettre, les noms à la pointe, grandes marges.

GRANDE IMPRIMERIE DU CENTRE. — HERBIN, MONTLUÇON

www.ingramcontent.com/pod-product-compliance
Ingram Content Group UK Ltd.
Pitfield, Milton Keynes, MK11 3LW, UK
UKHW020221180726
13838UKWH00005B/2126